AF507755

TRES PINGÜINOS
Y
UN ELEFANTE MARINO
Obra para Títeres

Waldemar Fontes

TRES PINGÜINOS
Y
UN ELEFANTE MARINO

Obra para Títeres

ISBN: 978-9974-651-20-3

Rumbo Editorial 2012

Tel. 23360565 - 094 392 773
rumboeditorial@hotmail.com
Montevideo - Uruguay

Ilustración de portada: Tres pingüinos, de Waldemar Fontes

ESCENARIO

La obra se desarrolla sobre la costa de una isla cercana a la península antártica.

La isla es pequeña y deshabitada y está al pie de un alto acantilado de rocas marrones y negras.

La playa está al norte de la isla y recibe las olas del mar de Drake, que está lleno de témpanos e hielos flotantes.

Es el verano austral, que dura entre noviembre y marzo de cada año, época en que los pingüinos llegan hasta esas latitudes en busca de las pingüineras, donde cada año se reúnen con sus parejas, para la reproducción.

No hay noche, puesto que en esa latitud, el día dura casi 24 horas durante el verano.

La playa tiene una arena negra con algunas rocas.

Se siente el ruido de las olas, el viento del mar y el graznido de algunas gaviotas que sobrevuelan buscando comida.

LOS PERSONAJES

Tres pingüinos ADELIA, que son animales que habitan en esa zona. Son de colores, blanco y negro. Las patas tienen un color rosado, la barriga es blanca y todo el resto del cuerpo es negro. Miden unos 20 ó 25 centímetros de altura.

Un elefante marino macho, que es un gigantesco animal que puede pesar más de 3.000 kilos. Los machos tienen una trompa que los distingue de las hembras. Esa trompa es una extensión de la nariz y con ella produce resoplidos que usa para ahuyentar a los intrusos. Los elefantes marinos machos compiten por un harén de hembras que protegen hasta que son derrotados por otro macho más joven que los desplaza. Durante el invierno, se alimentan en el mar y en verano llegan hasta playas protegidas, donde se reproducen y alimentan a las crías.

CARACTERISTÍCAS DE LOS PERSONAJES

CALIXTO (el pingüino listo): Pingüino Adelia joven, delgado y veloz, de mente ágil, aventurero y de gran picardía.
Calordo (el pingüino gordo): Pingüino Adelia joven, pero maduro. Es bajo y gordito. Apacible y poco amante de

la aventura y los riegos, está ansioso por formar una familia.

MORENA (la pingüina soltera): Pingüina Adelia, soltera y joven que está perdida y busca el camino a la pingüinera para comenzar su vida como madre. Es delicada, femenina y muy inteligente. Busca al pingüino de sus sueños.

DON CAMEJO (el elefante viejo): Elefante marino, muy grande y pesado. Fue desplazado de su manada por un elefante más joven luego de una feroz lucha. Tiene el cuerpo lleno de lastimaduras, producto de la batalla, pero peor aún es la herida que tiene en el corazón... No encuentra consuelo y se quiere morir. Busca un lugar donde curar sus heridas.

ARGUMENTO DE LA OBRA

Calixto y Calordo, son amigos desde chicos y han nacido en el mismo año. Luego de un viaje invernal para buscar comida, regresan a su pingüinera para reencontrarse con la familia.

Los dos pingüinos viajan sobre un témpano, cuando el viento los arrastra hasta la playa.

Calixto se entusiasma por la belleza del lugar y lo manipula a Calordo para desembarcar del témpano y explorar la isla.

Cuando llegan a playa, la recorren disfrutando la arena y allí se encuentran con Don Camejo, el elefante marino viejo, que llora la tristeza de haber sido desplazado de su manada.

Se inicia una amistad, donde se cuentan sus vidas y aspiraciones.

Viene una tormenta y se refugian tras las rocas. Cuando pasa la tormenta, hay mucho hielo amontonado en la playa y entre los hielos se encuentran, desfalleciente, una pingüina.

Rápidamente la asisten y se enteran que se llama Morena y está perdida.

Calordo se enamora de Morena a primera vista, pero ella lo ignora.

Calixto y don Camejo se confabulan para ayudar a que el pingüino enamorado pueda conquistar a Morena.

Don Camejo olvida un poco su pena y todos juntos emprenden un viaje en busca de la pingüinera, donde los pingüinos podrían organizar su vida y lo invitan al elefante a que se quede a vivir con ellos.

En busca de la pingüinera, acontecen aventuras y desventuras, que terminarán con la concreción de los deseos de cada uno.

PRIMER ACTO
ENCUENTROS

ESCENA 1

Calixto y Calordo, viajan sobre un témpano, por el mar de Drake.

CALIXTO: (mirando al horizonte) ¡Qué cantidad de hielos!!! Con este congestionamiento de tránsito tardaremos días en llegar a casa.

CALORDO: Estoy ansioso por llegar a nuestra pingüinera. Extraño tanto a mis padres... Ya quisiera formar una familia como ellos y poder tener pingüinitos peludos a mi alrededor.

CALIXTO: ¡Qué apurado! Disfruta la vida primero. Hay un mundo entero por descubrir. ¿Para qué quieres comprometerte a cuidar pingüinitos? Primero debes conocer el mundo.

CALORDO: Ay, Calixto. Qué loco que eres.

CALIXTO: Me gusta la aventura y conocer el mundo. ¿Qué tiene de malo eso?

CALORDO: Nada malo. Pero a mí me gusta más la vida apacible, en familia, con una pingüinita que me acompañe y me comprenda...

CALIXTO: Qué vivo. A mi también me gus-
                  tan las pingüinitas, pero para di-
                  vertirme, no para que me manden
                  a empollar huevos a un nido mien-
                  tras ellas comen kril en la playa.

CALORDO: Ellas se lo merecen. ¿Sabes el es-
                  fuerzo que significa haber puesto
                  dos huevos en el nido? Después
                  de eso, lo menos que puede hacer
                  un buen esposo, es empollar los
                  huevos y dejarla a ella descansar.

CALIXTO: Hasta ahí, te comprendo, pero des-
                  pués que nacen los polluelos, que
                  los cuiden ellas… Ya te veo a ti cui-
                  dando pollos, mientras tu pingüina
                  se pasea por la playa… ¡Jaja!

CALORDO: Mi Pingüina me acompañará en
                  todo…

CALIXTO: Deja de historias románticas. Va-
                  mos a nadar hasta esa isla que apa-
                  rece entre los hielos. No hay aho-
                  ra focas leopardo ni ballenas y el
                  agua parece hervir de tanto kril que
                  espera que lo comamos.

*Fin de la escena: Calixto se lanza al agua y lo con-
vence a Calordo a nadar hasta la playa.*

ESCENA 2

Calixto y Calordo llegan a la playa con la panza llena de kril y buscan un lugar para descansar y dormir una siesta.

CALIXTO: ¡Qué rico estaba ese kril! Ahora a dormir una siesta sobre la nieve y despúes nos vamos a explorar la isla.

CALORDO: Deja las exploraciones. Quiero llegar a la pingüinera cuanto antes.

CALIXTO: Siempre el mismo haragán falto de curiosidad. Vamos hasta esa pendiente cubierta de nieve y descansemos. No es bueno discutir con la panza llena.

CALORDO: Si vamos, no puedo ni caminar de lo lleno que estoy. Por suerte el kril tiene Omega 3 y no me deja subir el colesterol, porque sino estaría muy enfermo.

CALIXTO: ¿De dónde sacaste eso del Omega 3 y el colesterol?

CALORDO: Me lo contó mi padre, que lo escuchó de unos pingüinos de una colonia vecina, que participaron de un experimento con los hombres y un Doctor se los dijo.

CALIXTO: Mira tú. Yo quisiera ser un pingüino de experimento y ayudar a los hombres a descubrir esas cosas tan interesantes. Algún día los voy a encontrar y les voy a pedir que me pongan uno de esos coquetos anillos de identificación como el que tenía mi tío.

CALORDO: Estás loco. Yo no me dejaría atrapar de ninguna manera. Los hombres no son buenos con nosotros. Nos molestan, ensucian, nos roban la comida...

CALIXTO: Igual que las orcas, las skúas, las focas leopardo... siempre nos quieren comer, nos roban los huevos, nos persiguen. Todos nos molestan a nosotros de alguna manera.

CALORDO: ¿Será que somos una especie tan importante? ¿Será por eso que todos los animales se fijan en nosotros?

Calixto y Calordo están llegando a la nieve y se topan con un elefante marino que estaba durmiendo entre las piedras.

CALIXTO: ¡Cuidado! No vayas por allí, ¡un elefante marino!

Fin de la escena: Se asustan y corren a buscar refugio. Desde el refugio observan al elefante marino.

ESCENA 3

Calixto y Calordo luego de asegurarse que el elefante no es peligroso para ellos, se animan a conversar con él. El elefante se hace llamar don Camejo. Es viejo, está lastimado y muy cansado.

CALIXTO: Señor elefante, ¿nos va a comer?

Don CAMEJO: Por ahora no. ¿Para qué comer pingüinos habiendo tan ricos peces en el mar…? Además me pasé todo el invierno comiendo en aguas más cálidas, así que tengo un buena reserva.

CALORDO: Los elefantes no se comen a los pingüinos. Me lo contó mi padre.

Don CAMEJO: Eso lo veremos. Si me molestas, te comeré igual.

CALIXTO: Si los elefantes no se comen a los pingüinos, entonces podremos ser amigos.

Don CAMEJO: Yo no tengo amigos. Los elefantes marinos somos los dueños de las playas donde paramos y asustamos a todo el mundo con el resoplido de nuestra trompa, para que nos dejen tranquilos.

CALORDO: Pero usted está muy lastimado. A lo mejor lo podemos ayudar aunque no quiera que seamos sus amigos.

CALIXTO: Acompaña a ese elefante viejo. Mientras tú le cuentas del kril y el Omega 3, yo iré por unas algas para curar sus heridas.

CALORDO: Anda. Yo me quedo. ¿Don Camejo, sabía que los pingüinos no tenemos colesterol?

Don CAMEJO: Claro que lo sabía. Los elefantes tampoco, porque también nos alimentamos de kril y de peces de las profundidades como la corvina negra y por eso somos tan grandes y fuertes.

CALORDO: Si es tan fuerte, ¿Qué le pasó? ¿por qué tiene tantas heridas?

Don CAMEJO: ¿Quieres que te coma? No me preguntes más eso. Es algo muy doloroso. Perdí todo lo que tenía en la vida y estas heridas de mi cuero no son nada comparadas con las que tengo en mi corazón.

CALIXTO: Tome estas algas, son buenas para las heridas de la piel y también para las del corazón.
¿Está sufriendo porque lo dejó su novia? Si quiere lo acompañamos y le damos una paliza al bruto que lo lastimó. Para eso están los amigos, ¿no es verdad Calordo?

Don CAMEJO: Cállate o te voy a comer en serio. Con tu tamañito jamás podrías ni siquiera asustar al elefante marino que me derrotó. Bastaría un resoplido para mandarte volando hasta el mar apenas pises su playa.

CALIXTO: ¿Tan malo es?

Don CAMEJO: Si. Antes yo era así también. Era el dueño de una playa enorme y tenía un harem de 100 hembras con sus crías a las que protegía de cualquier peligro.

CALORDO: ¡Qué bueno! ¿Pero que pasó?

Don CAMEJO: La vida de los elefantes marinos machos es muy dura. Siempre estamos luchando entre nosotros para quedarnos con la propiedad de las playas y de las hembras y ahora, he perdido.

CALIXTO: Un macho más joven lo derrotó...
Don CAMEJO: Estoy viejo. Me sorprendió mien-
               tras dormía y aunque luché, no
               pude vencerlo. Me expulsó de mi
               playa y no pude soportar la ver-
               güenza de la derrota. Por eso me
               fui muy lejos, para curar mis heri-
               das y sanar mi pena.

*Fin de la escena: Calixto y Calordo con pena, se acer-
can al elefante y lo acompañan en su dolor. El elefante resopla.*

ESCENA 4

Calixto, Calordo y don Camejo entablan amistad y conversan de cosas de la vida. Se viene una tormenta y deben buscar refugio.

Don CAMEJO: Amigos, viene una gran tormenta. Yo puedo soportarla aquí y disfrutar el viento enterrado en la nieve y la ventisca, pero ustedes se volarán; será mejor que busquen refugio.

CALIXTO: Estaría bueno poder volar. Podría aprovechar estas hermosas alitas que tengo... pero lamentablemente no sé cómo aterrizar, así que mejor le hago caso y busco refugio.

CALORDO: Acá, atrás de estas rocas estaremos protegidos. Ven rápido Calixto. Ya comenzó a soplar el viento y las olas están muy bravas en la costa, ¡ya! ¡ven acá Calixto!.

El viento sopla con fuerza y apenas se escuchan las voces de los pingüinos mientras están a la intemperie.

CALIXTO: ¡Brrrr! ¡Qué frío! Esta ventisca si que es fuerte. Por suerte nos detuvimos en esta isla, sino nuestro témpano hubiera naufragado.

CALORDO: Si hubiéramos seguido en el témpano ya estaríamos en la pingüinera con nuestras familias

CALIXTO: Puede ser, puede ser… pero no hubiéramos conocido al elefante marino.

CALORDO: ¿Quién tiene interés en conocer un elefante marino, viejo y quejoso? Yo preferiría estar en la pingüinera.

CALIXTO: Qué mala onda. En vez de disfrutar la oportunidad de conocer…, pero ¿qué puedo esperar de ti? Eres siempre igual.

CALORDO: Mira, ¿qué es eso que se mueve entre la ventisca?

CALIXTO: Me parece que es don Camejo.

Don CAMEJO: ¿Tienen un lugarcito por allí? Están llegando muchos hielos a la playa y…

CALIXTO: ¿No era que usted podía aguantar cualquier tormenta aunque quedara sepultado en la nieve?

Don CAMEJO: Los hielos me estaban golpeando…
               y ya estoy viejo para soportar que
               un cubito de agua congelada, me
               moleste durante la siesta.

CALIXTO: ¡Ah! era eso, yo pensé que se había
               asustado de la tormenta.

Don CAMEJO: ¡Yo no me asusto de nada! Si hubie-
               ras visto a las profundidades a que
               he descendido o los elefantes in-
               mensos con los que he peleado, sa-
               brías que no le tengo miedo a nada.

CALIXTO: Está bien, está bien. Yo le creo.
               Arrímese por acá que así tapa la
               entrada del viento con su
               corpachón y nosotros descansamos
               tranquilos.

CALORDO: No le haga caso, don Camejo.
               Acérquese a nosotros y disfrutemos
               la compañía mutua. Siempre es
               bueno tener a donde recurrir cuan-
               do el tiempo es malo.

Don CAMEJO: Gracias, amigos. Es agradable sen-
               tir compañía aunque sea de los pin-
               güinos…

CALIXTO: Sería mejor estar con su harem, ro-
               deado de elefantitas mimosas, ¿no,
               don Camejo?

Don CAMEJO: Cállate antes que me den ganas de comerte.

CALORDO: La tormenta está pasando. Ya solo hay una ventisca baja y las olas no golpean con tanta fuerza.

CALIXTO: Salgamos a mirar que cosas arrojó el mar. Tal vez encuentre alguna señal de los hombres, así los puedo ir a visitar y logro que me pongan el anillo en mi patita.

Don CAMEJO: En mi isla habían restos de un naufragio. Hace muchísimos años, el barco en que viajaban unos hombres que cazaban focas y ballenas, chocó con las rocas luego de una tormenta como esta y los restos del barco quedaron allí hasta ahora.

CALORDO: Pero en esa época no le ponían anillos a los pingüinos, sino que los mataban para comérselos.

CALIXTO: ¿Los hombres comen pingüinos? No te creo.

CALORDO: Mi padre me contó que uno de mis tatatarabuelos, llegó hasta una isla donde un grupo de hombres habían quedado atrapados y se comieron a un pariente nuestro.

Mi tatatarabuelo se salvó porque era muy rápido y pudo llegar hasta la costa antes de que lo atraparan.

Don CAMEJO: De los hombres se puede esperar cualquier cosa. Así que no me sorprende. Pero los de ahora, parece que no tienen tanta hambre y solo se dedican a mirarnos y sacarnos fotos.

CALIXTO: También nos estudian y nos ponen anillos

CALORDO: También se llevan el kril y los peces...

CALIXTO: ¡Miren! En la playa parece que hay pingüinos, ¡Vamos a ver quiénes son y de dónde vienen!

CALORDO: ¡Siguen viaje! No son tontos como nosotros que nos detenemos a explorar islas desiertas.

CALIXTO: Mira, Calordo. Entre las algas hay una pingüina tirada. ¿Estará muerta? Vamos a ver, tal vez la podamos ayudar.

Don CAMEJO: Vayan amigos, ustedes caminan más rápido que yo. Ayuden a su congénere. La tormenta la habrá tirado contra los hielos y tal vez se ahogó.

CALIXTO: Miren, se mueve. ¡Está viva! Y tie-
                    ne una pata anillada. Ven Calordo,
                    ayúdame. Vamos a sacarle estas al-
                    gas de la cara así puede respirar.
CALORDO: Qué linda es. Qué hermosos ojos
                    y qué plumas brillantes y lustrosas.
CALIXTO: Vamos amigo, ya deja de decir ton-
                    terías. Ayúdame a sacarle las algas
                    de encima que ya vuelve en sí.

Fin de la escena: Calixto y Calordo observan a la pingüina rescatada que se levanta vacilante y mira desorientada a su alrededor. El elefante resopla desde lejos, aprobando contento.

ESCENA 5

Calixto, Calordo y don Camejo la ayudan a Morena, la pingüina.
Calordo, se enamora de Morena a primera vista e intenta acercarse a ella.
Morena lo ignora y se hace la interesante, hablando del pingüino de sus sueños.
Calixto y don Camejo notan el enamoramiento de Calordo y deciden ayudarlo.

Don CAMEJO: Ayuden a la joven a venir hasta acá. Entre esas rocas hay nieve blanda y será un buen colchón para que descanse y se recupere.

CALIXTO: Bella dama, por favor. Pase a las cómodas instalaciones de nuestra isla, donde podrá recuperarse y contar luego sus aventuras.

MORENA: (con voz débil aún) Gracias amigos. Qué bueno que me encontraran. Me llamo Morena y viajaba con mis amigos. La tormenta fue horrible y creí que mi viaje se terminaba entre los témpanos y las olas.

CALORDO: Morena, ¿Te puedo ofrecer este ra-
                mito de algas como regalo de bien-
                venida?

MORENA: ¿Un ramito de algas? Qué cursi.

CALIXTO: Con todas las algas que se le enre-
                daron en el cuerpo, como para que-
                rer ramitos estará Morena.

                Mejor piensa en algo más valioso,
                como piedritas de colores para co-
                locar en el borde de un nido o me-
                jor aún, un gordo y jugoso kril
                como éste, para recuperar energías,
                después de lo que pasó.

MORENA: Tú si que eres un caballero, atento
                y cortés, que sabe de las necesida-
                des de una dama.

Don CAMEJO: Vengan por aquí. Ya hice un cami-
                no aplastando las piedras y la nie-
                ve con mi corpachón. Por aquí
                Morena puede caminar sin dificul-
                tad y recostarse en la nieve.

MORENA: Gracias don Camejo, qué amable.
                Estas piedras puntiagudas, me las-
                timan tanto las patitas... pero us-
                ted las aplastó de manera tan pro-
                lija que es un gusto caminar por
                aquí.

CALORDO: ¿Te arreglo la nieve? ¿Quieres que te traiga otro kril? ¿Qué puedo hacer por ti?

MORENA: Dejarme descansar sería una buena cosa. Hasta mañana.

Don CAMEJO: Me parece que Calordo se enamoró de la pingüina.

CALIXTO: ¿Eso cree? Este Calordo es tan tonto. Aunque es una linda pingüinita. Capaz que después de todo, no es tan tonto.

Don CAMEJO: Acá viene un pingüino enamorado... cuyo corazón, de aquella pingüina, está prendado.

CALIXTO: Para conquistar su corazón
                un ramito de algas le regaló
                pero ella airosa,
                muy lejos lo lanzó
                le dio un empujón
                y ni siquiera lo miró.

CALORDO: No se burlen. Yo no estoy enamorado... ¡Aunque es tan linda!

CALIXTO: ¡Yo sabía! ¡El pingüino está enamorado! ¡El pingüino está enamorado!

Don CAMEJO: No te rías, Calixto. Es muy feo enamorarse y no ser correspondido.

CALORDO: ¿Y quién le dijo que no soy corres-
               pondido?

CALIXTO: No te hizo mucho caso hasta ahora.

Don CAMEJO: ¿Qué te parece, Calixto, si ayuda-
               mos a nuestro amigo a conquistar
               el corazón de esa Pingüina?

CALIXTO: Será algo difícil. Habrá que ense-
               ñarle algunas cosas a Calordo.

Don CAMEJO: Estoy de acuerdo, pero vale la pena
               el intento.

CALORDO: Morena se despertó. Voy a ver si
               precisa algo.

MORENA: ¡Qué lindo día! Me voy a caminar
               por la playa. ¿Vienes, Calixto?

CALORDO: ¡Yo te acompaño!

MORENA: No gracias. Cambié de opinión.
               Mejor me voy a parar sobre esas
               rocas, para mirar el mar. Adoro sen-
               tir el viento en mis plumas, viajar
               sobre los témpanos y conocer islas
               lejanas donde algún día encontra-
               ré al pingüino de mis sueños.

*Fin de la escena: Calordo sufre el desprecio y se reti-
ra triste. Don Camejo y Calixto comentan lo ocurri-
do entre ellos.*

ESCENA 6

Calordo, desespera de amor por Morena pero ella sigue hablando del pingüino de sus sueños.
Llega el momento de seguir el viaje a la pingüinera.
Morena decide irse con ellos y lo convencen a don Camejo de que vaya también.

Don CAMEJO: Amigos, estoy viendo un gran témpano en el horizonte. Según mi experiencia, cuando el viento cambie esta tarde, navegará en la dirección de la isla que ustedes buscan.

CALORDO: ¡Bien! ¡Esta tarde abordamos el témpano y seguimos el viaje a casa! Morena, ¿oíste eso? En uno o dos días estaremos en nuestra pingüinera y allí podrás quedarte con nosotros.

MORENA: ¿Perdoón!?, ¿y quién te dijo que yo pensaba ir a tu pingüinera?

CALIXTO: No es mala idea, Morena. ¿Acaso piensas quedarte sola en esta isla perdida? Los pingüinos con quien viajabas, han seguido su camino y tal vez nunca los encuentres. Al

	menos piensa en la posibilidad de venir con nosotros.
MORENA:	Gracias, Calixto. Eres muy amable. Pero soy una pingüina independiente y tomo mis propias decisiones: debo seguir mi camino.
CALORDO:	Si vinieras a nuestra isla, te regalaría un nido rodeado de piedras rojas y verdes…
MORENA:	¿Podrías callarte?
CALORDO:	¿No te gustan las piedras rojas? Las puedo cambiar por blancas o negras, solo dime cuáles te gustan más
MORENA:	Creo que allá veo un témpano que va en la dirección de mi isla. Después que ustedes se embarquen en el suyo, yo me subiré al mío y tranquila, seguiré mi viaje.
Don CAMEJO:	Por ahora no habrá témpanos en la dirección que buscas. El viento soplará en esta dirección por varios días.
MORENA:	No me importa. Esperaré a que cambie el viento y luego me voy. Estaré muy cómoda una vez que se vayan algunos pingüinos molestos que andan haciendo turismo por aquí.

CALIXTO: ¿Lo dices por mí?

MORENA: De ninguna manera, tú has sido
                 muy amable, pero hay otros que son
                 bastante molestos.

CALORDO: ¿por qué me tratas así? Yo no te hice
                 nada.

Morena se va y Calordo queda triste.

CALIXTO: Calordo, si fuera por mí, me que-
                 daba un poco más y seguía explo-
                 rando esta isla. Aún no pude ave-
                 riguar qué hay detrás de esas mon-
                 tañas… Pero no te preocupes, no
                 te voy a dejar solo. Te acompañaré
                 a la pingüinera. Si no te acompa-
                 ño, te perderías en la primer ola y
                 nunca llegarías.

CALORDO: Qué buen amigo eres. Lástima que
                 Morena no quiera ir con nosotros.
                 ¿Qué hará ella siguiendo su viaje
                 sola?

CALIXTO: No creo que se quede sola. Algo
                 inventaremos para que venga con
                 nosotros.

Don CAMEJO: Amigos, se acerca el momento de
                 su partida. El témpano pasará muy

cerca ahora y deben aprovechar el viaje. Es un témpano grande y amplio. Será como navegar en una isla flotante.

CALIXTO: Es cierto, es un témpano hermoso. Tiene lugar para varios pingüinos y algunos elefantes también.

Don CAMEJO: ¿Qué dices? Los elefantes marinos nadamos adonde queremos. No precisamos un témpano que nos transporte.

CALIXTO: Los pingüinos tampoco. ¿Acaso nunca nos vio nadando? Somos muy rápidos abajo del agua, como si voláramos.

CALORDO: Pero preferimos viajar en los témpanos, porque es más seguro. Allí nos podemos proteger de las orcas y las focas leopardo.

Don CAMEJO: Está bien. Cada especie se desplaza según su conveniencia. Ustedes vayan tranquilos que yo me quedo por acá, disfrutando esta playa tan fría y congelada.

CALIXTO: Lamentablemente no se podrá quedar.

Don CAMEJO: ¿Ah no? ¿Acaso tú me vas a expulsar de aquí?

CALIXTO: No; pero le recuerdo que hicimos una promesa de ayudar a Calordo a conquistar el corazón de esa pingüina desalmada que lo rechaza.

Don CAMEJO: Es cierto, pero ustedes deben seguir su vida y yo la mía. Así es la naturaleza.

MORENA: Todavía están acá. Van a perder su témpano.

CALIXTO: Ya estamos por partir. Lo estábamos ayudando a don Camejo a meterse al mar, porque lo vamos a llevar con nosotros a la pingüinera.

CALORDO: Si, no lo podemos dejar solo acá, con esas heridas tan graves que tiene. Se lo comerían las skúas, así que lo llevamos con nosotros.

MORENA: ¿En serio se va? ¿Entonces me quedaré sola en esta isla?

CALIXTO: Pero solo será por unos días, ya vendrá un témpano al que puedas subirte.

Don CAMEJO: Ya vamos, muchachos. Me duelen muchos estas heridas. Quiero llegar rápido a la pingüinera, así me curan.

CALORDO: ¡Si! Pingüinera, ¡Allá vamos!

CALIXTO: Chau, Morena. Que disfrutes la estadía. Ojalá encuentres al pingüino de tus sueños viajando sobre un cubito de hielo…

MORENA: ¡Esperen, esperen! Voy con ustedes, no me quiero quedar sola acá.

Fin de la escena: Los pingüinos y el elefante se lanzan al mar para subir al témpano.

VIAJE POR EL MAR

ESCENA 7

Los cuatro amigos abordan un témpano que navega en dirección a la pingüinera. Se divierten. Calordo coquetea con Morena y ella no le hace caso.

CALIXTO: (cantando)
Antártida… Antártida
Voy volando por el agua,
que nadie me distraiga,
cuando nado rumbo a casa.

Vamos pingüinos, una carrera: ¡a ver quién llega primero!

MORENA: Acá voy, en el agua nadie me gana.

CALORDO: Eso lo veremos, Allá voy, a ver si me ganas.

Don CAMEJO: Qué rápido que nadan estos pingüinos. Pensar que resultan tan cómicos cuando están en tierra. Pero en el agua, son de nuevo aves. Esperen, esperen, no los puedo alcanzar.

CALIXTO: Usted nadará a profundidades muy profundas, pero nadando en la superficie es un desastre.

Don CAMEJO: Acércate y verás cómo un elefante
                se come un pingüino.
CALIXTO: ¡A ver si me agarra!!
                Le paso por arriba,
                le paso por abajo;
                atrapar este pingüino,
                le va a dar mucho trabajo.
                ¡Ja, ja!
MORENA: Gané, gané. Vamos Calixto, por
                molestar a don Camejo, perdiste la
                carrera. Hasta Calordo te ganó.
CALORDO: A Calixto, siempre le gano. No es
                la primera vez.
MORENA: A Calixto le ganarás, pero a mí no.
                Te juego otra carrera. El que llega
                último es cola de pingüino.
CALORDO: Vamos. Pronto, listo y ¡YA!
Don CAMEJO: Te apuesto que Calordo se deja ga-
                nar.
CALIXTO: No le juego nada, porque estoy se-
                guro que es así. No perderá la
                oportunidad de coquetear un poco
                con la pingüina.
MORENA: Gané de nuevo, soy la pingüina más
                rápida de mar de Drake. Calordo
                es un cola de pingüino y no sabe
                nadar…

CALORDO: Qué rápido nadas. Eres como un rayo de sol deslizándose por el agua. Me encantó ver los reflejos y la estela de burbujas que dejabas.

MORENA: No digas tonterías. Mejor aprende a nadar, que te vendrá bien. Calixto, ¿viste que le gané de nuevo? Soy muy rápida y nadie me gana.

Don CAMEJO: ¡Ja, ja! Qué locos que son los pingüinos. Nosotros los elefantes somos tan serios y formales. Nuestra única diversión es pelear entre nosotros y ya ven ustedes en mi lomo, los resultados de esas peleas.

CALIXTO: Me parece que el agua del mar le hizo bien. Se ve más repuesto de sus heridas.

MORENA: Es cierto. No parece el elefante moribundo que estaba en la playa hace un rato. Me parece que usted se está poniendo mimoso.

Don CAMEJO: Qué simpática eres. La verdad que es lindo recibir un poco de mimos.

CALIXTO: Un elefante marino, mimoso. ¿Quién lo diría? Mira si lo ven sus congéneres… Tan malo que parece y tan tierno que es.

Don CAMEJO: Ah no. Esta vez si que te como, deja que te atrape.

CALIXTO: Déjese de tonterías y suba al témpano. Por acá hay una pendiente suave, como la entrada de un garaje para vehículos pesados. Métase por allí que nosotros nos vamos a buscar comida. Vamos, amigos.

Don CAMEJO: Este pingüino Calixto, se está pasando de listo.

CALORDO: Vamos Morena, allí hay kril. Mira la bandada de gaviotines alimentándose. Vamos a comer nosotros también.

MORENA: Ve tú, angurriento. Con razón estás tan gordo. Yo voy a arreglar un poco mis plumas y después comeré algo "light". No quiero perder mi silueta. ¡Ah!, Calixto, si encuentras un kril "Zero" ¿me lo traerías?

CALIXTO: Claro, junto a Calixto, buscaremos algo para ti. Hazle compañía a Don Camejo, mientras tanto.

CALORDO: ¿Por qué me ignora? Cada vez que le hablo, me trata mal y encima te pide las cosas a ti, en vez de pedírmelas a mí.

CALIXTO: Las pingüinas son así. No te hagas mala sangre. Tal vez sería mejor que le pagaras en la misma moneda, ignorándola un poco.

CALORDO: ¿Cómo podría hacer eso? Cada hora que pasa, me enamoro más. Jamás podría ignorarla.

CALIXTO: Bueno, no te preocupes. Yo decía nomás. Vamos a buscar algún kril "Zero", así se lo llevas tú.

CALORDO: Buena idea.

MORENA: ¿Cómo me veo, don Camejo? ¿Tengo las plumas arregladas? Me voy a tirar al mar ahora y conseguir algo de comer por mí misma. Seguramente estos pingüinos me traerán algún kril de los comunes y a mí me gusta elegir lo que como.

Don CAMEJO: Me parece bien. Ve tranquila. Ten cuidado con las orcas, que en esta zona es muy común encontrarlas.

MORENA: Claro. Chau, don Camejo. Me voy al agua.

Fin de la escena: Morena, se lanza al agua y nada en dirección a los pingüinos que disfrutan zambullirse en las frías aguas.

ESCENA 8

Una ballena orca, ataca a Morena y Calordo la intenta ayudar.
El elefante los salva a todos

CALIXTO: Mira quien llega. Morena nos viene a acompañar. Trata de ignorarla. No le hagas caso.

CALORDO: Si, claro. Seguiré tu consejo.

CALIXTO: Ven Morena, ¡por aquí!

CALORDO: ¡Aquí Morena! Tengo un kril "diet" para ti.

MORENA: ¿Diet? ¿y para qué quiero yo comida "diet"? ¿Acaso me ves gorda?

CALORDO: Cómo te voy a ver gorda. Me encanta tu silueta…

MORENA: Yo me alimento con kril "Zero" porque es la última moda en alimentación de pingüinos. De esa manera me aseguro de comer solo las proteínas necesarias y además tiene el mismo gusto que el kril normal.

CALORDO: Ah, yo no sabía eso. ¿Y cómo notas la diferencia entre uno y otro?

MORENA: Qué pingüino tonto. Se ve que no estás informado. Mejor me voy a buscar mi propia comida, que es lo más saludable en estos mares tan australes.

CALORDO: Te acompaño.

MORENA: Claro. Mientras yo voy por este lado, tú ve por aquel otro.

CALIXTO: Calordo, ven por acá.

Mientras Morena se zambulle a buscar comida, aparece una orca a lo lejos y se esconde entre los hielos para conseguir alguna presa que comer.

CALIXTO: ¿No era que la ibas a ignorar? Menos mal que te expliqué como debes tratar a una pingüina como Morena.

CALORDO: Si, pero…

CALIXTO: Debes ignorarla, no mirarla, ni hablarle ni conversarle. Debes hacer como si ella no existiera, como si ella fuera una pingüina cualquiera.

CALORDO: Eso nunca. Podré soportar que no me mire, pero jamás la consideraré una pingüina cualquiera.

CALIXTO: Como quieras. Mientras tanto ¿qué
                te parece si pescamos algo? No será
                kril "Zero" o "diet", pero está muy
                bueno.
CALORDO: Si, tienes razón. Vamos.

*El elefante marino ve a la orca e intenta advertir a
sus amigos.*

Don CAMEJO: ¡Pingüinos! ¡Pingüinos!. ¡Salgan del
                mar! ¡Hay una orca!
                Será posible que no me escuchen.
                ¡Calixto!, ¡Morena! ¡Calordo! ¡una
                orca! ¡Tengan cuidado!
                ¡Ay! no. La orca los descubrió y va
                en dirección a donde están los pin-
                güinos, tengo que hacer algo. Me
                zambullo y les voy a avisar.
CALIXTO: Me pareció oír los gritos de Don
                Camejo. Decía algo sobre una orca.
CALORDO: ¿Una orca? Mejor subamos a ese
                témpano. ¿Dónde está Morena?
CALIXTO: Salió para este lado, vamos más
                arriba y la buscamos.
CALORDO: Allá está, la veo. ¡La orca ya la vio
                y va para allá! ¡Morena!, ¡Morena!
                ¡Una orca!

MORENA: ¿Una orca? ¿Dónde? Ayyyyyy, ya la
              vi. ¡Auxilio! ¡Me come!
CALORDO: ¡Morena! Nada hacia acá. Rápido,
              yo la distraigo.

*Morena nada hacia Calordo que la protege con su
cuerpo.*

MORENA: Gracias, Calordo, ¡Cuidado! La
              orca viene de nuevo atrás de mí.
CALORDO: Maldita orca, te las verás conmigo.
              Toma este picotón y este y este...
MORENA: No, Calordo. Aléjate, es muy peli-
              groso.
CALIXTO: Por acá Morena, sube a este hielo
              que es seguro. Qué valiente es
              Calordo, pero se está arriesgando
              mucho.
              ¡Cuidado!. Mira. La orca viene aho-
              ra hacia aquí y no lo veo más a
              Calordo.
MORENA: Ay no. La orca se lo comió. No lo
              puedo creer.
CALIXTO: No, mira. Allí está. Entre esos hie-
              los. Parece que está lastimado por-
              que apenas se mueve, pero está
              vivo.

MORENA: ¡Gracias al cielo!, Qué buena noti-
               cia. Pero, Ayyyy, la orca viene ha-
               cia acá.
Don CAMEJO: (resoplidos) Pffff, Pffffffffffff, sal-
               ga de mis dominios, señora orca; o
               se las verá conmigo.
               ¿No se va? Tome este coletazo y este
               empujón   y   este   resoplido,
               Pffffffffffffffffffffffff,
MORENA: Bien don Camejo, la orca se asustó
               y se va.
CALIXTO: Nos salvó, don Camejo. Fue usted
               muy valiente.
MORENA: ¿Dónde está Calordo?
Don CAMEJO: Creo que está muerto. Lo vi luchar
               cara a cara con la orca y la muy
               grosera le dio un tremendo coleta-
               zo y lo arrojó lejos.
MORENA: ¡No! No puede ser. Calordo me
               salvó la vida. Fue tan valiente...!
CALIXTO: Miren allá, aún está vivo.
MORENA: ¿Calordo? ¿Estás bien?

*Fin de la escena: Calixto, Morena y el elefante, na-
dan a socorrer a Calordo.*

ESCENA 9

Los cuatro amigos siguen viajando sobre el témpano. Ya están a la vista de las islas donde nacieron. Encuentran un grupo de pingüinos que huyen del combustible derramado en un naufragio, Hablan del medio ambiente y se cuentan cosas terribles sobre la contaminación.

Don CAMEJO: Acomoden a Calordo aquí, contra mi cuerpo. Acá estará cómodo y ninguna orca lo molestará.

CALIXTO: Tampoco las skúas. Mire. Ya están sobrevolándonos.

MORENA: Ustedes duerman que yo lo cuido.

CALORDO: (Con voz desfalleciente) Gracias Morena. Con tus cuidados me recuperaré enseguida.

MORENA: (Enojada) Ya me parecía que nos estabas engañando. No tienes nada. Solo querías aprovecharte para que te cuidara.

CALORDO: No, Uyyyy, me duele.

MORENA: Mentiroso, no finjas.

Don CAMEJO: Tranquilos, muchachos. No peleen.

CALIXTO: Déjelos don Camejo, si pelean es
                buen síntoma. Quiere decir que las
                cosas están volviendo a la normali-
                dad. Además, dicen que los que se
                pelean, se quieren...
MORENA: ¿Tú también? Tenías que ser ami-
                go de este pingüino embrollón.
Don CAMEJO: Miren, amigos. Un grupo de pin-
                güinos nadando hacia allá.
CALIXTO: Si, pero no son pingüinos, Adelia.
                Son pingüinos de pico rojo. Deben
                ser de las pingüineras que hay cer-
                ca de nuestra isla. Me voy a tirar al
                agua y saludarlos.
Don CAMEJO: Ya debemos estar cerca de su isla.
                Después de todo fue buena idea
                viajar sobre el témpano, sino el
                pobre Calordo iba sufrir mucho
                teniendo que nadar.
MORENA: Si. En las condiciones que está no
                podría nadar.
Don CAMEJO: Mira, acá viene Calixto.
CALIXTO: Pobres pingüinos. Vienen con un
                susto terrible.
MORENA: ¿Qué pasó?
CALIXTO: Estaban viajando sobre un témpa-
                no enorme y un barco los chocó.

Don CAMEJO: ¿Cómo es eso? ¿Qué hacía un barco entre los témpanos y en esta
época del año?

CALIXTO: Parece que llevaba personas que vi-
sitaban la zona y perdieron el rum-
bo. Primero golpearon un hielo su-
mergido y luego se fueron contra el
témpano donde ellos viajaban.
Dicen que el barco se hundió y de
otros barcos rescataron a los pasa-
jeros...

MORENA: Era un crucero de turistas. Cada
año llegan más y más. Mi madre
me contó que antes no venían pero
ahora vienen muchos.

Don CAMEJO: Bien por el témpano. Les dio un
buen golpe y los hundió. Así
aprenderán a no molestarnos.

CALIXTO: No sea malo. Ellos no nos molestan, solo nos miran y nos sa-
can fotos.

Don CAMEJO: Puede ser, pero mira esa mancha
de combustible que está aparecien-
do en el agua.

CALIXTO: Uy, no la había visto. Con razón
huían tan asustados los pico rojo.

MORENA: Miren allí. Son pedazos de plástico
y espumaplast flotando sobre las olas.

Don CAMEJO: Si. Eso es más terrible, porque si bien el combustible se dispersará en el mar abierto, estas cosas flotarán en nuestras playas por años.

MORENA: Mi padre me contó que una vez llegó hasta una isla donde habían estado los hombres y un pingüino se comió unas pelotitas blancas muy llamativas que flotaban por todos lados. Era espumaplast y el pingüino glotón se atragantó y se murió.

Don CAMEJO: Cierto. Lo mismo les pasa a las aves y también a los peces.
    La contaminación es algo terrible. Una vez llegué hasta las costas de Sud América y vi un grupo de pingüinos que quedaron impregnados de petróleo, a causa de un derrame.
    Muchos animales marinos se murieron, pero esa vez, los hombres rescataron a muchos pingüinos y le quitaron el petróleo de las plumas y por suerte se salvaron.

CALIXTO: ¿Vieron que los hombres no son tan malos?

Fin de la escena: La escena termina con el témpano navegando entre los restos del naufragio, con música y ruidos dramáticos, que presagian el fin de un mundo limpio.

ESCENA 10

*Están las cercanías de su isla, pero hay pocos pingüi-
nos. El frío ese año retrasó la llegada de los animales.
Hablan del cambio climático, el deshielo, etc.
Llegan a la costa de la pingüinera.*

CALIXTO:	¡Miren! Allá está nuestra isla.
CALORDO:	¡La pingüinera! Al fin en casa. Pero que pocos pingüinos se ven.
CALIXTO:	Parece que somos de los primeros en llegar. Con todo el tiempo que perdimos dando vueltas… Qué extraño ¿no?
Don CAMEJO:	Para esta época del año no debería haber tanto hielo. Se nota que ha sido un invierno muy frío.
CALORDO:	Qué extraño. Mi padre me habló del calentamiento global y según lo que dicen, tendría que estar derritiéndose todo. ¿Cómo es que hay más hielo entonces?
Don CAMEJO:	Es por el cambio climático. Ya les dije, que los hombres han complicado todo nuestro mundo y las cosas ya no se pueden prever. Por un lado hay temperaturas más eleva-

das y por otro hay más frío en el invierno. ¿No ven que los pájaros están dando vueltas por la costa porque no encuentran lugar para sus nidos?. Lo mismo les pasará a ustedes en la pingüinera.

CALORDO: Qué pena. Posiblemente mis parientes no llegaron aún. Ellos son un poco haraganes… pero no importa. Comenzaré a buscar el mejor lugar para construir mi nido. ¿Dónde te gustaría tener un nido Morena?

MORENA: Me gustaría tenerlo en mi isla. Esta pingüinera no me gusta para nada. Los pingüinos ni siquiera han llegado. Seguramente en mi pingüinera ya están todos empollando.

Don CAMEJO: No creo que en tu pingüinera haya más actividad. Este invierno fue muy duro en toda la región y por eso la naturaleza atrasó su ciclo.

MORENA: Estoy segura que en mi pingüinera están todos empollando o al menos poniendo huevos. No como acá. No me venga con eso del cambio climático.

CALORDO: Allá, en esa colina nací yo. Mis padres hicieron un hermoso nido allí.

CALIXTO: El nido de mi familia estaba en esta colina, al resguardo de esas rocas. Allí los hombres hicieron un experimento y eligieron a varios pingüinos para ponerle esos hermosos anillos de identificación, pero a mí no me quisieron.

CALORDO: Mira, allí hay algunos pingüinos preparando nidos. Los dejo conversando y me voy nadando a buscar un buen lugar. Te espero, Morena.

MORENA: Espera tranquilo y mientras busca alguna pingüina que te haga caso.

CALIXTO: De nuevo en la pingüinera. Qué aburrido. Yo estaba disfrutando el viaje y la aventura. Pensaba encontrar algunos científicos para divertirme observándolos y dejar que me tomaran fotos, pero ni siquiera los humanos andan por acá este año.

Don CAMEJO: Su viaje ha culminado, ya están en casa. Deben estar alegres. Los espera la aventura de la vida, la emoción de descubrir el amor y hacer eso que hacen las aves: poner huevos y luego empollarlos.

MORENA: Ustedes los mamíferos... me parece tan antihigiénico llevar un hijo adentro del estómago... Me parece mucho más saludable tenerlo en un cómodo huevo, donde una lo puede observar y deslumbrarse cuando el polluelo rompe el cascarón. Es tan romántico.

CALIXTO: Sobre todo para las pingüinas, que se van de paseo mientras los pingüinos le empollan el huevo. Así cualquiera disfruta el nacimiento.

MORENA: ¿De qué te quejas? Nosotras hacemos un gran esfuerzo para poner en el nido esos enormes huevos. Después de eso, merecemos alguna consideración, ¿no crees?

CALIXTO: Prefiero a los mamíferos, la hembra lleva sus bebés en la panza y cuando nacen tiene el alimento incluido, no como nosotros que tenemos que andar pescando para traerles comida.

MORENA: Eres muy desamorado y envidioso. Si piensas así nunca conseguirás una pingüina que quiera compartir su vida contigo.

CALIXTO: ¿Y quién quiere eso? Yo espero pasar mi vida recorriendo el mundo y no pienso esclavizarme a una vida de cuidador de pollos gordos y feos.

MORENA: Ya me cansaste. No soporto oírte hablar así. ¿Qué sería de nuestra especie si todos pensaran como tú? Debo dejar este témpano y reunirme con los otros pingüinos. ¿Viene Don Camejo?

Don CAMEJO: Ve nadando Morena… Yo me tomaré mi tiempo para ver una buena playa donde descansar. Recuerda que a mí no me espera nadie y tengo todo el verano por delante para disfrutar echado entre las rocas y la arena fresca.

Fin de la escena: Morena se lanza al mar y sigue el camino de Calordo que ya está en la playa. Don Camejo lo mira a Calixto y ambos se lanzan al mar, sin apuro.

EPÍLOGO

Morena y Calordo forman una pareja y hacen un nido donde empollan juntos dos huevos.

Cuando termina el verano, los pichones están grandes y es la hora de que comiencen su vida de pingüinos por sí mismos.

Calixto regresa a la pingüinera orgulloso, mostrando el anillo que le pusieron unos científicos.

Cuando llega el momento de partir, todos se van, menos don Camejo, que decide quedarse allí.

Acerca del Autor:

WALDEMAR FONTES
Nacido en 1959, en la ciudad de Las Piedras, Canelones, República Oriental del Uruguay.
Es coronel de infantería retirado, escritor, investigador, conferencista y docente. Ha publicado en papel y en formato digital, destacándose sus obras para niños: "El pájaro de los hermosos colores" y "El Color del Hielo", que están disponibles en la Biblioteca País del Plan Ceibal.
Como investigador de la historia del Uruguay en la Antártida, ha publicado numerosos artículos, algunos de los cuales fueron publicados en formato libro, en Chile y en Argentina.
Los cuentos de su personaje "Marosa la foca curiosa" se han publicado en el Portal Ceibal, en la Revista Charoná y en la revista digital Copos de Nieve.
Además de ilustrar sus propias obras, ha contribuido con la ilustración del cuento "Y si yo fuera una pingüina", del proyecto Interantar de Brasil, para una edición de autores latinoamericanos publicado por la Universidad de la Defensa de Argentina, en 2023.
Como dramaturgo, se destacan su obras: "Tapabocas", un trabajo que fue producido en tiempos de pandemia y emitido como podcast en formato radioteatro, y "Ecos de aquellas voces que clamaban en el desierto", inspirada en la vida y la obra de Paulina Luisi y "Tres pingüinos y un elefante marino" con el que obtuviera el Premio Anual de Literatura del Ministerio de Educación y Cultura 2011 en la categoría Teatro Infantil inédito.
Ha obtenido premios y menciones en diversos concursos literarios y ha dirigido el grupo cultural Artes Entre Columnas.
Por más información: https://lodewafo.blogspot.com

www.ingramcontent.com/pod-product-compliance
Lightning Source LLC
Chambersburg PA
CBHW021322160726
47994CB00004B/1558